HÉSIODE ÉDITIONS

ALFRED DE MUSSET

Le Fils du Titien

Hésiode éditions

© Hésiode éditions.

1 rue Honoré - 93500 Pantin.
ISBN 978-2-493135-70-4
Dépôt légal : Septembre 2022

Impression Books on Demand GmbH

In de Tarpen 42
22848 Norderstedt, Allemagne

Le Fils du Titien

I

Au mois de février de l'année 1580, un jeune homme traversait, au point Du jour, la Piazzetta, à Venise. Ses habits étaient en désordre ; sa toque, sur laquelle flottait une belle plume écarlate, était enfoncée sur ses oreilles. Il marchait à grands pas vers la rive des Esclavons, et son épée et son manteau traînaient derrière lui, tandis que d'un pied assez dédaigneux il enjambait par-dessus les pêcheurs couchés à terre. Arrivé au pont de la Paille, il s'arrêta et regarda autour de lui. La lune se couchait derrière la Giudecca, et l'aurore dorait le palais ducal. De temps en temps une fumée épaisse, une lueur brillante, s'échappaient d'un palais voisin. Des poutres, des pierres, d'énormes blocs de marbre, mille débris encombraient le canal des Prisons. Un incendie récent venait de détruire, au milieu des eaux, la demeure d'un patricien. Des gerbes d'étincelles s'élevaient par instants, et, à cette clarté sinistre, on apercevait un soldat sous les armes veillant au milieu des ruines.

Cependant notre jeune homme ne semblait frappé ni de ce spectacle de destruction, ni de la beauté du ciel qui se teignait des plus fraîches nuances. Il regarda quelque temps l'horizon, comme pour distraire ses yeux éblouis ; mais la clarté du jour parut produire sur lui un effet désagréable, car il s'enveloppa dans son manteau et poursuivit sa route en courant. Il s'arrêta bientôt de nouveau à la porte d'un palais où il frappa. Un valet, tenant un flambeau à la main, lui ouvrit aussitôt. Au moment d'entrer, il se retourna, et jetant sur le ciel encore un regard :

– Par Bacchus ! s'écria-t-il, mon carnaval me coûte cher !

Ce jeune homme se nommait Pomponio Filippo Vecellio. C'était le second fils du Titien, enfant plein d'esprit et d'imagination, qui avait fait concevoir à son père les plus heureuses espérances, mais que sa passion pour le jeu entraînait dans un désordre continuel. Il y avait quatre ans seulement que le grand peintre et son fils aîné, Orazio, étaient morts presque en même temps, et le jeune Pippo, depuis quatre ans, avait déjà dissipé la meilleure part de l'immense fortune que lui avait donnée ce double héritage. Au lieu de cultiver les talents qu'il tenait de la nature, et de soutenir la gloire de son nom, il passait ses journées à dormir et ses nuits à jouer chez une certaine comtesse Orsini, ou du moins soi-disant comtesse, qui faisait profession de ruiner la jeunesse vénitienne. Chez elle s'assemblait chaque soir une nombreuse compagnie, composée de nobles et de courtisanes ; là, on soupait et on jouait, et comme on ne payait pas son souper, il va sans dire que les dés se chargeaient d'indemniser la maîtresse du logis. Tandis que les sequins flottaient par monceaux, le vin de Chypre coulait, les œillades allaient grand train, et les victimes, doublement étourdies, y laissaient leur argent et leur raison.

C'est de ce lieu dangereux que nous venons de voir sortir le héros de ce conte, et il avait fait plus d'une perte dans la nuit. Outre qu'il avait vidé ses poches au passe-dix, le seul tableau qu'il eût jamais terminé, tableau que tous les connaisseurs donnaient pour excellent, venait de périr dans l'incendie du palais Dolfino. C'était un sujet d'histoire traité avec une verve et une hardiesse de pinceau presque dignes du Titien lui-même ; vendue à un riche sénateur, cette toile avait eu le même sort qu'un grand nombre d'ouvrages précieux ; l'imprudence d'un valet avait réduit en cendres ces richesses. Mais c'était là le moindre souci de Pippo ; il ne songeait qu'à la chance fâcheuse qui venait de le poursuivre avec un acharnement inusité, et aux dés qui l'avaient fait perdre.

Il commença, en rentrant chez lui, par soulever le tapis qui couvrait sa table et compter l'argent qui restait dans son tiroir ; puis, comme il était d'un caractère naturellement gai et insouciant, après qu'on l'eut déshabillé, il se mit à sa fenêtre en robe de chambre. Voyant qu'il faisait grand jour, il se demanda s'il fermerait ses volets pour se mettre au lit, ou s'il se réveillerait comme tout le monde ; il y avait longtemps qu'il ne lui était arrivé de voir le soleil du côté où il se lève, et il trouvait le ciel plus joyeux qu'à l'ordinaire. Avant de se décider à veiller ou à dormir, tout en luttant contre le sommeil, il prit son chocolat sur son balcon. Dès que ses yeux se fermaient, il croyait voir une table, des mains agitées, des figures pâles, il entendait résonner les cornets. – Quelle fatale chance ! murmurait-il ; est-ce croyable qu'on perde avec quinze ! Et il voyait son adversaire habituel, le vieux Vespasiano Memmo, amenant dix-huit et s'emparant de l'or entassé sur le tapis. Il rouvrait alors promptement les paupières pour se soustraire à ce mauvais rêve, et regardait les fillettes passer sur le quai. Il lui sembla apercevoir de loin une femme masquée ; il s'en étonna, bien qu'on fût au carnaval, car les pauvres gens ne se masquent pas, et il était étrange, à une pareille heure, qu'une dame vénitienne sortit seule à pied ; mais il reconnut que ce qu'il avait pris pour un masque était le visage d'une négresse ; il la vit bientôt de plus près, et elle lui parut assez bien tournée. Elle marchait fort vite, et un coup de vent, collant sur ses hanches sa robe bigarrée de fleurs, dessina des contours gracieux. Pippo se pencha sur le balcon, et vit, non sans surprise, que la négresse frappait à sa porte.

Le portier tardait à ouvrir.

– Que demandes-tu ? cria le jeune homme ; est-ce à moi que tu as affaire, brunette ? Mon nom est Vecellio, et, si on te fait attendre, je vais aller t'ouvrir moi-même.

La négresse leva la tête.

– Votre nom est Pomponio Vecellio ?

– Oui, ou Pippo, comme tu voudras.

– Vous êtes le fils du Titien ?

– À ton service ; qu'y a-t-il pour te plaire ?

Après avoir jeté sur Pippo un coup d'œil rapide et curieux, la négresse fit quelques pas en arrière, lança adroitement sur le balcon une petite boîte roulée dans du papier, puis s'enfuit promptement, en se retournant de temps en temps. Pippo ramassa la boîte, l'ouvrit et y trouva une jolie bourse enveloppée dans du coton. Il soupçonna avec raison qu'il pouvait y avoir sous le coton un billet qui lui expliquerait cette aventure. Le billet s'y trouvait en effet, mais était aussi mystérieux que le reste, car il ne contenait que ces mots :

« Ne dépense pas trop légèrement ce que je renferme ; quand tu sortiras de chez toi, charge-moi d'une pièce d'or, c'est assez pour un jour ; et s'il t'en reste le soir quelque chose, si peu que ce soit, tu trouveras un pauvre qui t'en remerciera. »

Lorsque le jeune homme eut retourné la boîte de cent façons, examiné la bourse, regardé de nouveau sur le quai, et qu'il vit enfin clairement qu'il n'en pourrait savoir davantage : Il faut avouer, pensa-t-il, que ce cadeau est singulier, mais il vient cruellement mal à propos. Le conseil qu'on me donne est bon ; mais il est trop tard pour dire aux gens qu'ils se noient quand ils sont au fond de l'Adriatique. Qui diable peut m'envoyer cela ?

Pippo avait aisément reconnu que la négresse était une servante ; il commença à chercher dans sa mémoire quelle était la femme ou l'ami capable de lui adresser cet envoi, et, comme sa modestie ne l'aveuglait pas, il se persuada que ce devait être une femme plutôt qu'un de ses amis. La bourse était en velours brodé d'or ; il lui sembla qu'elle était faite avec une finesse trop exquise pour sortir de la boutique d'un marchand. Il passa donc en revue dans sa tête d'abord les plus belles dames de Venise, ensuite celles qui l'étaient moins ; mais il s'arrêta là, et se demanda comment il s'y prendrait pour découvrir d'où lui venait sa bourse. Il fit là-dessus les rêves les plus hardis et les plus doux ; plus d'une fois il crut avoir deviné ; le cœur lui battait, tandis qu'il s'efforçait de reconnaître l'écriture ; il y avait une princesse bolonaise qui formait ainsi ses lettres majuscules, et une belle dame de Brescia dont c'était à peu près la main.

Rien n'est plus désagréable qu'une idée fâcheuse venant se glisser tout à coup au milieu de semblables rêveries ; c'est à peu près comme si, en se promenant dans une prairie en fleur, on marchait sur un serpent. Ce fut aussi ce qu'éprouva Pippo lorsqu'il se souvint tout à coup d'une certaine Monna Bianchina, qui depuis peu le tourmentait singulièrement. Il avait eu avec cette femme une aventure de bal masqué, et elle était assez jolie, mais il n'avait aucun amour pour elle. Monna Bianchina, au contraire, s'était prise subitement de passion pour lui, et elle s'était même efforcée de voir de l'amour là où il n'y avait que de la politesse ; elle s'attachait à lui, lui écrivait souvent, et l'accablait de tendres reproches ; mais il s'était juré un jour, en sortant de chez elle, de ne jamais y retourner, et il tenait scrupuleusement sa parole. Il vint donc à penser que Monna Bianchina pouvait bien lui avoir fait une bourse et la lui avoir envoyée ; ce soupçon détruisit sa gaieté et les illusions qui le berçaient ; plus il réfléchissait, plus il trouvait vraisemblable cette supposition ; il ferma sa fenêtre de mauvaise humeur, et se décida à se coucher.

Mais il ne pouvait dormir ; malgré toutes les probabilités, il lui était impossible de renoncer à un doute qui flattait son orgueil. Il continua à rêver involontairement : tantôt il voulait oublier la bourse et n'y plus songer ; tantôt il voulait se nier l'existence même de Monna Bianchina, afin de chercher plus à l'aise. Cependant il avait tiré ses rideaux, et il s'était enfoncé du côté de la ruelle pour ne pas voir le jour ; tout à coup il sauta à bas de son lit, et appela ses domestiques. Il venait de faire une réflexion bien simple qui ne s'était pas d'abord présentée à lui. Monna Bianchina n'était pas riche ; elle n'avait qu'une servante, et cette servante n'était pas une négresse, mais une grosse fille de Chioja. Comment aurait-elle pu se procurer, pour cette occasion, cette messagère inconnue que Pippo n'avait jamais vue à Venise ? – Bénis soient ta noire figure, s'écria-t-il, et le soleil africain qui l'a colorée ! Et, sans s'arrêter plus longtemps, il demanda son pourpoint et fit avancer sa gondole.

II

Il avait résolu d'aller rendre visite à la signora Dorothée, femme de l'avogador Pasqualigo. Cette dame, respectable par son âge, était des plus riches et des plus spirituelles de la république ; elle était, en outre, marraine de Pippo, et, comme il n'y avait pas une personne de distinction à Venise qu'elle ne connût, il espérait qu'elle pourrait l'aider à éclaircir le mystère qui l'occupait. Il pensa toutefois qu'il était encore trop matin pour se présenter chez sa protectrice, et il fit un tour de promenade, en attendant, sous les Procuraties.

Le hasard voulut qu'il y rencontrât précisément Monna Bianchina, qui marchandait des étoffes ; il entra dans la boutique, et, sans trop savoir pourquoi, après quelques paroles insignifiantes, il lui dit : Monna Bianchina, vous m'avez envoyé ce matin un joli cadeau, et vous m'avez donné un sage conseil ; je vous en remercie bien humblement.

En s'exprimant avec cet air de certitude, il comptait peut-être s'affranchir sur-le-champ du doute qui l'avait tourmenté ; mais Monna Bianchina était trop rusée pour témoigner de l'étonnement avant d'avoir examiné s'il était de son intérêt d'en montrer. Bien qu'elle n'eût réellement rien envoyé au jeune homme, elle vit qu'il y avait moyen de lui faire prendre le change ; elle répondit, il est vrai, qu'elle ne savait de quoi il lui parlait ; mais elle eut soin, en disant cela, de sourire avec tant de finesse et de rougir si modestement, que Pippo demeura convaincu, malgré les apparences, que la bourse venait d'elle. – Et depuis quand, lui demanda-t-il, avez-vous à vos ordres cette jolie négresse ?

Déconcertée par cette question, et ne sachant comment y répondre, Monna Bianchina hésita un moment, puis elle partit d'un grand éclat de rire et quitta brusquement Pippo. Resté seul et désappointé, celui-ci renonça à la visite qu'il avait projetée ; il rentra chez lui, jeta la bourse dans un coin, et n'y songea pas davantage.

Il arriva pourtant quelques jours après qu'il perdit au jeu une forte somme sur parole. Comme il sortait pour acquitter sa dette, il lui parut commode de se servir de cette bourse, qui était grande, et qui faisait bon effet à sa ceinture ; il la prit donc, et, le soir même, il joua de nouveau et perdit encore.

– Continuez-vous ? demanda ser Vespasiano, le vieux notaire de la chancellerie, lorsque Pippo n'eut plus d'argent.

– Non, répondit celui-ci, je ne veux plus jouer sur parole.

– Mais je vous prêterai ce que vous voudrez, s'écria la comtesse Orsini.

– Et moi aussi, dit ser Vespasiano.

– Et moi aussi, répéta d'une voix douce et sonore une des nombreuses nièces de la comtesse ; mais rouvrez votre bourse, seigneur Vecellio : il y a encore un sequin dedans.

Pippo sourit, et trouva en effet au fond de sa bourse un sequin qu'il y avait oublié. – Soit, dit-il, jouons encore un coup, mais je ne hasarderai pas davantage. Il prit le cornet, gagna, se remit à jouer en faisant paroli ; bref, au bout d'une heure, il avait réparé sa perte de la veille et celle de la soirée.

– Continuez-vous ? demanda-t-il à son tour à ser Vespasiano, qui n'avait plus rien devant lui.

– Non ! car il faut que je sois un grand sot de me laisser mettre à sec par un homme qui ne hasarderait qu'un sequin. Maudite soit cette bourse ! elle renferme sans doute quelque sortilège.

Le notaire sortit furieux de la salle. Pippo se disposait à le suivre, lorsque la nièce qui l'avait averti lui dit en riant :

– Puisque c'est à moi que vous devez votre bonheur, faites-moi cadeau du sequin qui vous a fait gagner.

Ce sequin avait une petite marque qui le rendait reconnaissable. Pippo le chercha, le retrouva, et il tendait déjà la main pour le donner à la jolie nièce, lorsqu'il s'écria tout à coup :

– Ma foi, ma belle, vous ne l'aurez pas ; mais, pour vous montrer que je ne suis pas avare, en voilà dix que je vous prie d'accepter. Quant à celui-là, je veux suivre un avis qu'on m'a donné dernièrement, et j'en fais cadeau à la Providence.

En parlant ainsi, il jeta le sequin par la fenêtre.

– Est-il possible, pensait-il en retournant chez lui, que la bourse de Monna Bianchina me porte bonheur ? Ce serait une singulière raillerie du hasard si une chose qui en elle-même m'est désagréable avait une influence heureuse pour moi.

Il lui sembla bientôt, en effet, que toutes les fois qu'il se servait de cette bourse il gagnait. Lorsqu'il y mettait une pièce d'or, il ne pouvait se défendre d'un certain respect superstitieux, et il réfléchissait quelquefois, malgré lui, à la vérité des paroles qu'il avait trouvées au fond de la boîte. – Un sequin est un sequin, se disait-il, et il y a bien des gens qui n'en ont pas un par jour. Cette pensée le rendait moins imprudent, et lui faisait un peu restreindre ses dépenses.

Malheureusement, Monna Bianchina n'avait pas oublié son entretien avec Pippo sous les Procuraties. Pour le confirmer dans l'erreur où elle l'avait laissé, elle lui envoyait de temps en temps un bouquet ou une autre bagatelle, accompagnés de quelques mots d'écrit. J'ai déjà dit qu'il était très fatigué de ses importunités, auxquelles il avait résolu de ne pas répondre.

Or il arriva que Monna Bianchina, poussée à bout par cette froideur, tenta une démarche audacieuse qui déplut beaucoup au jeune homme. Elle se présenta seule chez lui, pendant son absence, donna quelque argent à un domestique, et réussit à se cacher dans l'appartement. En rentrant, il la trouva donc, et il se vit forcé de lui dire, sans détour, qu'il n'avait point d'amour pour elle, et qu'il la priait de le laisser en repos.

La Bianchina, qui, comme je l'ai dit, était jolie, se laissa aller à une colère effrayante ; elle accabla Pippo de reproches, mais non plus tendres cette fois. Elle lui dit qu'il l'avait trompée en lui parlant d'amour, qu'elle se regardait comme compromise par lui, et qu'enfin elle se vengerait. Pippo n'écouta pas ses menaces sans s'irriter à son tour ; pour lui prouver qu'il ne craignait rien, il la força de reprendre à l'instant même un bouquet qu'elle lui avait envoyé le matin, et, comme la bourse se trouvait sous sa main : – Tenez, lui dit-il, prenez aussi cela ; cette bourse m'a porté bonheur, mais apprenez par là que je ne veux rien de vous.

À peine eut-il cédé à ce mouvement de colère, qu'il en eut du regret. Monna Bianchina se garda bien de le détromper sur le mensonge qu'elle lui avait fait. Elle était pleine de rage, mais aussi de dissimulation. Elle prit la bourse et se retira, bien décidée à faire repentir Pippo de la manière dont il l'avait traitée.

Il joua le soir comme à l'ordinaire, et perdit ; les jours suivants, il ne fut pas plus heureux. Ser Vespasiano avait toujours le meilleur dé, et lui gagnait des sommes considérables. Il se révolta contre sa fortune et contre sa superstition, il s'obstina et perdit encore. Enfin, un jour qu'il sortait de chez la comtesse Orsini, il ne put s'empêcher de s'écrier dans l'escalier : Dieu me pardonne ! je crois que ce vieux fou avait raison, et que ma bourse était ensorcelée ; car je n'ai plus un dé passable depuis que je l'ai rendue à la Bianchina.

En ce moment, il aperçut, flottant devant lui, une robe à fleurs, d'où sortaient deux jambes fines et lestes ; c'était la mystérieuse négresse. Il doubla le pas, l'accosta, et lui demanda qui elle était et à qui elle appartenait.

– Qui sait ? répondit l'Africaine avec un malicieux sourire.

– Toi, je suppose. N'es-tu pas la servante de Monna Bianchina ?

– Non ; qui est-elle, Monna Bianchina ?

– Eh ! par Dieu ! celle qui t'a chargée l'autre jour de m'apporter cette boîte que tu as si bien jetée sur mon balcon.

– Oh ! Excellence, je ne le crois pas.

– Je le sais ; ne cherche pas à feindre ; c'est elle-même qui me l'a dit.

– Si elle vous l'a dit,… répliqua la négresse d'un air d'hésitation. Elle haussa les épaules, réfléchit un instant ; puis, donnant de son éventail un petit coup sur la joue de Pippo, elle lui cria en s'enfuyant :

– Mon beau garçon, on s'est moqué de toi.

Les rues de Venise sont un labyrinthe si compliqué, elles se croisent de tant de façons par des caprices si variés et si imprévus, que Pippo, après avoir laissé échapper la jeune fille, ne put parvenir à la rejoindre. Il resta fort embarrassé, car il avait commis deux fautes, la première en donnant sa bourse à Bianchina, et la seconde en ne retenant pas la négresse. Errant au hasard dans la ville, il se dirigea, presque sans le savoir, vers le palais de la signora Dorothée, sa marraine ; il se repentait de n'avoir pas fait à cette dame, quelque temps auparavant, sa visite projetée ; il avait coutume de la consulter sur tout ce qui l'intéressait, et rarement il avait eu recours à elle sans en retirer quelque avantage.

Il la trouva seule dans son jardin, et après lui avoir baisé la main : – Jugez, lui dit-il, ma bonne marraine, de la sottise que je viens de faire. On m'a envoyé, il n'y a pas longtemps, une bourse....

Mais à peine avait-il prononcé ces mots, que la signora Dorothée se mit à rire. – Eh bien ! lui dit-elle, est-ce que cette bourse n'est pas jolie ? Ne trouves-tu pas que les fleurs d'or font bon effet sur le velours rouge ?

– Comment ! s'écria le jeune homme ; se pourrait-il que vous fussiez instruite...

En ce moment, plusieurs sénateurs entraient dans le jardin ; la vénérable dame se leva pour les recevoir, et ne répondit pas aux questions que Pippo, dans son étonnement, ne cessait de lui adresser.

III

Lorsque les sénateurs se furent retirés, la signora Dorothée, malgré les prières et les importunités de son filleul, ne voulut jamais s'expliquer davantage. Elle était fâchée qu'un premier mouvement de gaieté lui eût fait avouer qu'elle savait le secret d'une aventure dont elle ne voulait pas se mêler. Comme Pippo insistait toujours :

– Mon cher enfant, lui dit-elle, tout ce que je puis te dire, c'est qu'il est vrai qu'en t'apprenant le nom de la personne qui a brodé pour toi cette bourse, je te rendrais peut-être un bon service ; car cette personne est assurément une des plus nobles et des plus belles de Venise. Que cela te suffise donc ; malgré mon envie de t'obliger, il faut que je me taise ; je ne trahirai pas un secret que je possède seule, et que je ne pourrai te dire que si l'on m'en charge, car je le ferai alors honorablement.

— Honorablement, ma chère marraine ? mais pouvez-vous croire qu'en me confiant à moi seul…

— Je m'entends, répliqua la vieille dame ; et comme, malgré sa dignité, elle ne pouvait se passer d'un peu de malice : Puisque tu fais quelquefois des vers, ajouta-t-elle, que ne fais-tu un sonnet là-dessus ?

Voyant qu'il ne pouvait rien obtenir, Pippo mit fin à ses instances ; mais sa curiosité, comme on peut penser, était d'une vivacité extrême. Il resta à dîner chez l'avogador Pasqualigo, ne pouvant se résoudre à quitter sa marraine, espérant que sa belle inconnue viendrait peut-être faire visite le soir, mais il ne vit que des sénateurs, des magistrats, et les plus graves robes de la république.

Au coucher du soleil, le jeune homme se sépara de la compagnie, et alla s'asseoir dans un petit bosquet. Il réfléchit à ce qu'il avait à faire, et il se détermina à deux choses : obtenir de la Bianchina qu'elle lui rendît sa bourse, et suivre, en second lieu, le conseil que la signora Dorothée lui avait donné en riant, c'est-à-dire faire un sonnet sur son aventure. Il résolut, en outre, de donner ce sonnet, quand il serait fait, à sa marraine, qui ne manquerait sans doute pas de le montrer à la belle inconnue. Sans vouloir tarder davantage, il mit sur-le-champ son double projet à exécution.

Après avoir rajusté son pourpoint, et posé avec soin sa toque sur son oreille, il se regarda d'abord dans une glace pour voir s'il avait bonne mine, car sa première pensée avait été de séduire de nouveau la Bianchina par de feintes protestations d'amour, et de la persuader par la douceur ; mais il renonça bientôt à ce projet, réfléchissant qu'ainsi il ne ferait que ranimer la passion de cette femme et se préparer de nouvelles importunités. Il prit le parti opposé ; il courut chez elle en toute hâte, comme s'il eût été furieux ; il se prépara à lui jouer une scène désespérée, et à l'épouvanter si bien qu'elle se tînt dorénavant en repos.

Monna Bianchina était une de ces Vénitiennes blondes aux yeux noirs dont le ressentiment a, de tout temps, été regardé comme dangereux. Depuis qu'il l'avait si maltraitée, Pippo n'avait reçu d'elle aucun message ; elle préparait sans doute en silence la vengeance qu'elle avait annoncée. Il était donc nécessaire de frapper un coup décisif, sous peine d'augmenter le mal. Elle se disposait à sortir quand le jeune homme arriva chez elle ; il l'arrêta dans l'escalier, et la forçant à rentrer dans sa chambre :

– Malheureuse femme ! s'écria-t-il, qu'avez-vous fait ? Vous avez détruit toutes mes espérances, et votre vengeance est accomplie !

– Bon Dieu ! que vous est-il arrivé ? demanda la Bianchina stupéfaite.

– Vous le demandez ! Où est cette bourse que vous avez dit venir de vous ? Oserez-vous encore me soutenir ce mensonge ?

– Qu'importe si j'ai menti ou non ? je ne sais ce que cette bourse est devenue.

– Tu vas mourir ou me la rendre, s'écria Pippo en se jetant sur elle. Et, sans respect pour une robe neuve dont la pauvre femme venait de se parer, il écarta violemment le voile qui couvrait sa poitrine et lui posa son poignard sur le cœur.

La Bianchina se crut morte et commença à appeler au secours ; mais Pippo lui bâillonna la bouche avec son mouchoir, et, sans qu'elle pût pousser un cri, il la força d'abord de lui rendre la bourse qu'elle avait heureusement conservée. – Tu as fait le malheur d'une puissante famille, lui dit-il ensuite, tu as à jamais troublé l'existence d'une des plus illustres maisons de Venise ! Tremble ! cette maison redoutable veille sur toi ; ni toi ni ton mari, vous ne ferez un seul pas, maintenant, sans qu'on ait l'œil sur vous. Les Seigneurs de la Nuit ont inscrit ton nom sur leur livre, pense aux caves du palais ducal. Au premier mot que tu diras pour révéler le secret terrible que ta malice t'a fait deviner, ta famille entière disparaîtra !

Il sortit sur ces paroles, et tout le monde sait qu'à Venise on n'en pouvait prononcer de plus effrayantes. Les impitoyables et secrets arrêts de la corte maggiore répandaient une terreur si grande, que ceux qui se croyaient seulement soupçonnés se regardaient d'avance comme morts. Ce fut justement ce qui arriva au mari de la Bianchina, ser Orio, à qui elle raconta, à peu de chose près, la menace que Pippo venait de lui faire. Il est vrai qu'elle en ignorait les motifs, et en effet Pippo les ignorait lui-même, puisque toute cette affaire n'était qu'une fable ; mais ser Orio jugea prudemment qu'il n'était pas nécessaire de savoir par quels motifs on s'était attiré la colère de la cour suprême, et que le plus important était de s'y soustraire. Il n'était pas né à Venise, ses parents habitaient la terre ferme : il s'embarqua avec sa femme le jour suivant, et l'on n'entendit plus parler d'eux. Ce fut ainsi que Pippo trouva moyen de se débarrasser de Bianchina, et de lui rendre avec usure le mauvais tour qu'elle lui avait joué. Elle crut toute sa vie qu'un secret d'État était réellement attaché à la bourse qu'elle avait voulu dérober, et, comme dans ce bizarre événement tout était mystère pour elle, elle ne put jamais former que des conjectures. Les parents de ser Orio en firent le sujet de leurs entretiens particuliers. À force de suppositions, ils finirent par créer une fable plausible. Une grande dame, disaient-ils, s'était éprise du Tizianello, c'est-à-dire du fils du Titien, lequel était amoureux de Monna Bianchina, et perdait, bien entendu, ses peines auprès d'elle. Or, cette grande dame, qui avait brodé elle-même une bourse pour le Tizianello, n'était autre que la dogaresse en personne. Qu'on juge de sa colère en apprenant que le Tizianello avait fait le sacrifice de ce don d'amour à la Bianchina ! Telle était la chronique de famille qu'on se répétait à voix basse à Padoue dans la petite maison de ser Orio.

Satisfait du succès de sa première entreprise, notre héros songea à tenter la seconde. Il s'agissait de faire un sonnet pour sa belle inconnue. Comme l'étrange comédie qu'il avait jouée l'avait ému malgré lui, il commença par écrire rapidement quelques vers où respirait une certaine verve.

L'espérance, l'amour, le mystère, toutes les expressions passionnées ordinaires aux poètes, se présentaient enfouie à son esprit. – Mais, pensa-t-il, ma marraine m'a dit que j'avais affaire à l'une des plus nobles et des plus belles dames de Venise ; il me faut donc garder un ton convenable et l'aborder avec plus de respect.

Il effaça ce qu'il avait écrit, et, passant d'un extrême à l'autre, il rassembla quelques rimes sonores auxquelles il s'efforça d'adapter, non sans peine, des pensées semblables à sa dame, c'est-à-dire les plus belles et les plus nobles qu'il put trouver. À l'espérance trop hardie il substitua le doute craintif ; au lieu de mystère et d'amour, il parla de respect et de reconnaissance. Ne pouvant célébrer les attraits d'une femme qu'il n'avait jamais vue, il se servit, le plus délicatement possible, de quelques termes vagues qui pouvaient s'appliquer à tous les visages. Bref, après deux heures de réflexions et de travail, il avait fait douze vers passables, fort harmonieux et très insignifiants.

Il les mit au net sur une belle feuille de parchemin, et dessina sur les marges des oiseaux et des fleurs qu'il coloria soigneusement. Mais, dès que son ouvrage fut achevé, il n'eut pas plus tôt relu ses vers, qu'il les jeta par la fenêtre, dans le canal qui passait près de sa maison. – Que fais-je donc ? se demanda-t-il ; à quoi bon poursuivre cette aventure, si ma conscience ne parle pas ?

Il prit sa mandoline et se promena de long en large dans sa chambre, en chantant et en s'accompagnant sur un vieil air composé pour un sonnet de Pétrarque. Au bout d'un quart d'heure il s'arrêta ; son cœur battait. Il ne songeait plus ni aux convenances, ni à l'effet qu'il pourrait produire. La bourse qu'il avait arrachée à la Bianchina, et qu'il venait de rapporter comme une conquête, était sur sa table. Il la regarda.

– La femme qui a fait cela pour moi, se dit-il, doit m'aimer et savoir aimer. Un pareil travail est long et difficile ; ces fils légers, ces vives couleurs, demandent du temps, et, en travaillant, elle pensait à moi. Dans le peu de mots qui accompagnaient cette bourse, il y avait un conseil d'ami et pas une parole équivoque. Ceci est un cartel amoureux envoyé par une femme de cœur ; n'eût-elle pensé à moi qu'un jour, il faut bravement relever le gant.

Il se remit à l'œuvre, et, en prenant sa plume, il était plus agile par la crainte et par l'espérance que lorsqu'il avait joué les plus fortes sommes sur un coup de dé. Sans réfléchir et sans s'arrêter, il écrivit à la hâte un sonnet, dont voici à peu près la traduction :

Lorsque j'ai lu Pétrarque, étant encore enfant,
J'ai souhaité d'avoir quelque gloire en partage.
Il aimait en poète et chantait en amant ;
De la langue des dieux lui seul sut faire usage.

Lui seul eut le secret de saisir au passage
Les battements du cœur qui durent un moment,

Et, riche d'un sourire, il en gravait l'image
Du bout d'un stylet d'or sur un pur diamant.

Ô vous qui m'adressez une parole amie,
Qui l'écriviez hier et l'oublierez demain,
Souvenez-vous de moi qui vous en remercie.

J'ai le cœur de Pétrarque et n'ai point son génie ;
Je ne puis ici-bas que donner en chemin
Ma main à qui m'appelle, à qui m'aime ma vie.

Pippo se rendit le lendemain chez la signora Dorothée. Dès qu'il se trouva seul avec elle, il posa son sonnet sur les genoux de l'illustre dame, en lui disant : Voilà pour votre amie. La signora se montra d'abord surprise, puis elle lut les vers, et jura qu'elle ne se chargerait jamais de les montrer à personne. Mais Pippo n'en fit que rire, et, comme il était persuadé du contraire, il la quitta en l'assurant qu'il n'avait là-dessus aucune inquiétude.

IV

Il passa cependant la semaine suivante dans le plus grand trouble ; mais ce trouble n'était pas sans charmes. Il ne sortait pas de chez lui, et n'osait, pour ainsi dire, remuer, comme pour mieux laisser faire la fortune. En cela il agit avec plus de sagesse qu'on n'en a ordinairement à son âge, car il n'avait que vingt-cinq ans, et l'impatience de la jeunesse nous fait souvent dépasser le but en voulant l'atteindre trop vite. La fortune veut qu'on s'aide soi-même et qu'on sache la saisir à propos ; car, selon l'expression de Napoléon, elle est femme. Mais, par cette raison même, elle veut avoir l'air d'accorder ce qu'on lui arrache, et il faut lui donner le temps d'ouvrir la main.

Ce fut le neuvième jour, vers le soir, que la capricieuse déesse frappa à la porte du jeune homme ; et ce n'était pas pour rien, comme vous allez voir. Il descendit et ouvrit lui-même. La négresse était sur le seuil ; elle tenait à la main une rose qu'elle approcha des lèvres de Pippo.

– Baisez cette fleur, lui dit-elle ; il y a dessus un baiser de ma maîtresse. Peut-elle venir vous voir sans danger ?

– Ce serait une grande imprudence, répondit Pippo, si elle venait en plein jour ; mes domestiques ne pourraient manquer de la voir. Lui est-il possible de venir la nuit ?

– Non ; qui l'oserait à sa place ? Elle ne peut ni sortir la nuit, ni vous recevoir chez elle.

– Il faut donc qu'elle consente à venir autre part qu'ici, dans un endroit que je t'indiquerai.

– Non, c'est ici qu'elle veut venir ; voyez à prendre vos précautions.

Pippo réfléchit quelques instants. – Ta maîtresse peut-elle se lever de bonne heure ? demanda-t-il à la négresse.

– À l'heure où se lève le soleil.

– Eh bien ! écoute. Je me réveille ordinairement fort tard, par conséquent toute ma maison dort la grasse matinée. Si ta maîtresse peut venir au point du jour, je l'attendrai, et elle pourra pénétrer ici sans être vue de personne. Pour ce qui est de la faire sortir ensuite, je m'en charge, si toutefois elle peut rester chez moi jusqu'à la nuit tombante.

– Elle le fera ; vous plaît-il que ce soit demain ?

– Demain à l'aurore, dit Pippo. Il glissa une poignée de sequins sous la gorgerette de la messagère ; puis, sans en demander davantage, il regagna sa chambre et s'y enferma, décidé à veiller jusqu'au jour. Il se fit d'abord déshabiller, afin qu'on crût qu'il allait se mettre au lit ; lorsqu'il fut seul, il alluma un bon feu, mit une chemise brodée d'or, un collet de senteur et un pourpoint de velours blanc avec des manches de satin de la Chine ; puis, tout étant bien disposé, il s'assit près de la fenêtre, et commença à rêver à son aventure.

Il ne jugeait pas aussi défavorablement qu'on le croirait peut-être de la promptitude avec laquelle sa dame lui avait donné un rendez-vous. Il ne faut pas, d'abord, oublier que cette histoire se passe au seizième siècle, et les amours de ce temps-là allaient plus vite que les nôtres. D'après les témoignages les plus authentiques, il paraît certain qu'à cette époque ce que nous appellerions de l'indélicatesse passait pour de la sincérité, et il y a même lieu de penser que ce qu'on nomme aujourd'hui vertu paraissait alors de l'hypocrisie. Quoi qu'il en soit, une femme amoureuse d'un joli garçon se rendait sans de longs discours, et celui-ci n'en prenait pas pour cela moins bonne opinion d'elle : personne ne songeait à rougir de ce qui lui semblait naturel ; c'était le temps où un seigneur de la cour de France portait sur son chapeau, en guise de panache, un bas de soie appartenant à sa maîtresse, et il répondait sans façon à ceux qui s'étonnaient de le voir au Louvre dans cet équipage, que c'était le bas d'une femme qui le faisait mourir d'amour.

Tel était, d'ailleurs, le caractère de Pippo que, fut-il né dans le siècle présent, il n'eût peut-être pas entièrement changé d'avis sur ce point. Malgré beaucoup de désordre et de folie, s'il était capable de mentir quelquefois à autrui, il ne se mentait jamais à lui-même ; je veux dire par là qu'il aimait les choses pour ce qu'elles valent et non pour les apparences, et que, tout en étant capable de dissimulation, il n'employait la ruse que lorsque son désir était vrai. Or, s'il pensait qu'il y eût un caprice dans l'envoi qu'on lui avait fait, du moins il n'y croyait pas voir le caprice d'une coquette ; j'en ai dit tout à l'heure les motifs, qui étaient le soin et la finesse avec lesquels sa bourse était brodée, et le temps qu'on avait dû mettre à la faire.

Pendant que son esprit s'efforçait de devancer le bonheur qui lui était promis, il se souvint d'un mariage turc dont on lui avait fait le récit. Quand les Orientaux prennent femme, ils ne voient qu'après la noce le visage de leur fiancée, qui, jusque-là, reste voilée devant eux, comme devant tout le monde. Ils se fient à ce que leur ont dit les parents, et se marient ainsi sur parole. La cérémonie terminée, la jeune femme se montre à l'époux, qui peut alors vérifier par lui-même si son marché conclu est bon ou mauvais ; comme il est trop tard pour s'en dédire, il n'a rien de mieux à faire que de le trouver bon ; et l'on ne voit pas, du reste, que ces unions soient plus malheureuses que d'autres.

Pippo se trouvait précisément dans le même cas qu'un fiancé turc : il ne s'attendait pas, il est vrai, à trouver une vierge dans sa dame inconnue, mais il s'en consolait aisément ; il y avait en outre cette différence à son avantage, que ce n'était pas un lien aussi solennel qu'il allait contracter. Il pouvait se livrer aux charmes de l'attente et de la surprise, sans en redouter les inconvénients, et cette considération lui semblait suffire pour le dédommager de ce qui pourrait d'ailleurs lui manquer. Il se figura donc que cette nuit était réellement celle de ses noces, et il n'est pas étonnant qu'à son âge cette pensée lui causât des transports de joie.

La première nuit des noces doit être, en effet, pour une imagination active, un des plus grands bonheurs possibles, car il n'est précédé d'aucune peine. Les philosophes veulent, il est vrai, que la peine donne plus de saveur au plaisir qu'elle accompagne, mais Pippo pensait qu'une méchante sauce ne rend pas le poisson plus frais. Il aimait donc les jouissances faciles, mais il ne les voulait pas grossières, et, malheureusement, c'est une loi presque invariable que les plaisirs exquis se payent chèrement. Or la nuit des noces fait exception à cette règle ; c'est une circonstance unique dans la vie, qui satisfait à la fois les deux penchants les plus chers à l'homme, la paresse et la convoitise ; elle amène dans la chambre d'un jeune homme une femme couronnée de fleurs, qui ignore l'amour, et dont une mère s'est efforcée, depuis quinze ans, d'ennoblir l'âme et d'orner l'esprit : pour obtenir un regard de cette belle créature, il faudrait peut-être la supplier pendant une année entière ; cependant, pour posséder ce trésor, l'époux n'a qu'à ouvrir les bras ; la mère s'éloigne ; Dieu lui-même le permet. Si, en s'éveillant d'un si beau rêve, on ne se trouvait pas marié, qui ne voudrait le faire tous les soirs ?

Pippo ne regrettait pas de ne point avoir adressé de questions à la négresse ; car une servante, en pareil cas, ne peut manquer de faire l'éloge de sa maîtresse, fût-elle plus laide qu'un péché mortel ; et les deux mots échappés à la signora Dorothée suffisaient. Il eût voulu seulement savoir si sa dame inconnue était brune ou blonde. Pour se faire une idée d'une femme, lorsqu'on sait qu'elle est belle, rien n'est plus important que de connaître la nuance de ses cheveux. Pippo hésita longtemps entre les deux couleurs, enfin il s'imagina qu'elle avait les cheveux châtains, afin de mettre son esprit en repos.

Mais il ne sut alors comment décider de quelle couleur étaient ses yeux ; il les aurait supposés noirs si elle eût été brune, et bleus si elle eût été blonde. Il se figura qu'ils étaient bleus, non pas de ce bleu clair et indécis qui est tour à tour gris ou verdâtre, mais de cet azur pur comme le ciel, qui, dans les moments de passion, prend une teinte plus foncée, et devient sombre comme l'aile du corbeau.

À peine ces yeux charmants lui eurent-ils apparu, avec un regard tendre et profond, que son imagination les entoura d'un front blanc comme la neige, et de deux joues roses comme les rayons du soleil sur le sommet des Alpes. Entre ces deux joues, aussi douces qu'une pêche, il crut voir un nez effilé comme celui du buste antique qu'on a appelé l'Amour grec. Au-dessous, une bouche vermeille, ni trop grande ni trop petite, laissant passer entre deux rangées de perles une haleine fraîche et voluptueuse ; le menton était bien formé et légèrement arrondi ; la physionomie franche, mais un peu altière ; sur un cou un peu long, sans un seul pli, d'une blancheur mate, se balançait mollement, comme une fleur sur sa tige, cette tête et gracieuse et toute sympathique. À cette belle image, créée par la fantaisie, il ne manquait que d'être réelle. Elle va venir, pensait Pippo, elle sera ici quand il fera jour ; et ce qui n'est pas le moins surprenant dans son étrange rêverie, c'est qu'il venait de faire, sans s'en douter, le fidèle portrait de sa future maîtresse.

Lorsque la frégate de l'État qui veille à l'entrée du port tira son coup de canon pour annoncer six heures du matin, Pippo vit que la lumière de sa lampe devenait rougeâtre, et qu'une légère teinte bleue colorait ses vitres. Il se mit aussitôt à sa croisée. Ce n'était plus, cette fois, avec des yeux à demi fermés qu'il regardait autour de lui ; bien que sa nuit se fût passée sans sommeil, il se sentait plus libre et plus dispos que jamais. L'aurore commençait à se montrer, mais Venise dormait encore : cette paresseuse patrie du plaisir ne s'éveille pas si matin. À l'heure où, chez nous, les boutiques s'ouvrent, les passants se croisent, les voitures roulent, les brouillards se jouaient sur la lagune déserte et couvraient d'un rideau les palais silencieux. Le vent ridait à peine l'eau ; quelques voiles paraissaient au loin du côté de Fusine, apportant à la reine des mers les provisions de la journée. Seul, au sommet de la ville endormie, l'ange du campanile de Saint-Marc sortait brillant du crépuscule, et les premiers rayons du soleil étincelaient sur ses ailes dorées.

Cependant les innombrables églises de Venise sonnaient l'Angelus à grand bruit ; les pigeons de la république, avertis par le son des cloches, dont ils savent compter les coups avec un merveilleux instinct, traversaient par bandes, à tire-d'aile, la rive des Esclavons, pour aller chercher sur la grande place le grain qu'on y répand régulièrement pour eux à cette heure ; les brouillards s'élevaient peu à peu ; le soleil parut ; quelques pêcheurs secouèrent leurs manteaux et se mirent à nettoyer leurs barques ; l'un d'eux entonna d'une voix claire et pure un couplet d'un air national ; du fond d'un bâtiment de commerce, une voix de basse lui répondit ; une autre plus éloignée se joignit au refrain du second couplet ; bientôt le chœur fut organisé, chacun faisait sa partie tout en travaillant, et une belle chanson matinale salua la clarté du jour.

La maison de Pippo était située sur le quai des Esclavons, non loin du palais Nani, à l'angle d'un petit canal ; en cet instant, au fond de ce canal obscur, brilla la scie d'une gondole. Un seul barcarol était sur la poupe ; mais le frêle bateau fendait l'onde avec la rapidité d'une flèche, et semblait glisser sur l'épais miroir où sa rame plate s'enfonçait en cadence. Au moment de passer sous le pont qui sépare le canal de la grande lagune, la gondole s'arrêta. Une femme masquée, d'une taille noble et svelte, en sortit, et se dirigea vers le quai. Pippo descendit aussitôt et s'avança vers elle. – Est-ce vous ? lui dit-il à voix basse. Pour toute réponse, elle prit sa main qu'il lui présentait, et le suivit. Aucun domestique n'était encore levé dans la maison ; sans dire un seul mot, ils traversèrent sur la pointe du pied la galerie inférieure où dormait le portier. Arrivée dans l'appartement du jeune homme, la dame s'assit sur un sofa et resta d'abord quelque temps pensive. Elle ôta son masque. Pippo reconnut alors que la signora Dorothée ne l'avait pas trompé, et qu'il avait en effet devant lui une des plus belles femmes de Venise, et l'héritière de deux nobles familles, Béatrice Lorédano, veuve du procurateur Donato.

V

Il est impossible de rendre par des paroles la beauté des premiers regards que Béatrice jeta autour d'elle lorsqu'elle eut découvert son visage. Bien qu'elle fût veuve depuis dix-huit mois, elle n'avait encore que vingt-quatre ans, et quoique la démarche qu'elle venait de faire ait pu paraître hardie au lecteur, c'était la première fois de sa vie qu'elle en faisait une semblable ; car il est certain que jusque-là elle n'avait eu d'amour que pour son mari. Aussi cette démarche l'avait-elle troublée à tel point que, pour n'y pas renoncer en route, il lui avait fallu réunir toutes ses forces, et ses yeux étaient à la fois pleins d'amour, de confusion et de courage.

Pippo la regardait avec tant d'admiration, qu'il ne pouvait parler. En quelque circonstance qu'on se trouve, il est impossible de voir une femme parfaitement belle sans étonnement et sans respect. Pippo avait Souvent rencontré Béatrice à la promenade et à des réunions particulières. Il avait fait et entendu faire cent fois l'éloge de sa beauté. Elle était fille de Pierre Lorédan, membre du conseil des Dix, et arrière-petite-fille du fameux Lorédan qui prit une part si active au procès de Jacques Foscari. L'orgueil de cette famille n'était que trop connu à Venise, et Béatrice passait aux yeux de tous pour avoir hérité de la fierté de ses ancêtres. On l'avait mariée très jeune au procurateur Marco Donato, et la mort de celui-ci venait de la laisser libre et en possession d'une grande fortune. Les premiers seigneurs de la république aspiraient à sa main ; mais elle ne répondait aux efforts qu'ils faisaient pour lui plaire que par la plus dédaigneuse indifférence. En un mot, son caractère altier et presque sauvage était, pour ainsi dire, passé en proverbe. Pippo était donc doublement surpris ; car si, d'une part, il n'eût jamais osé supposer que sa mystérieuse conquête fût Béatrice Donato, d'un autre côté, il lui semblait, en la regardant, qu'il la voyait pour la première fois, tant elle était différente d'elle-même. L'amour, qui sait donner des charmes aux visages les plus vulgaires, montrait en ce moment sa toute-puissance en embellissant ainsi un chef-d'œuvre de la nature.

Après quelques instants de silence, Pippo s'approcha de sa dame et lui prit la main. Il essaya de lui peindre sa surprise et de la remercier de son bonheur ; mais elle ne lui répondait pas et ne paraissait pas l'entendre. Elle restait immobile et semblait ne rien distinguer, comme si tout ce qui l'entourait eût été un rêve. Il lui parla longtemps sans qu'elle fît aucun mouvement ; cependant il avait entouré de son bras la taille de Béatrice, et il s'était assis auprès d'elle.

– Vous m'avez envoyé hier, lui dit-il, un baiser sur une rose ; sur une fleur plus belle et plus fraîche, laissez-moi vous rendre ce que j'ai reçu.

En parlant ainsi, il l'embrassa sur les lèvres. Elle ne fit point d'effort pour l'en empêcher ; mais ses regards, qui erraient au hasard, se fixèrent tout à coup sur Pippo. Elle le repoussa doucement et lui dit en secouant la tête avec une tristesse pleine de grâce :

– Vous ne m'aimerez pas, vous n'aurez pour moi qu'un caprice ; mais je vous aime, et je veux d'abord me mettre à genoux devant vous.

Elle s'inclina en effet ; Pippo la retint vainement, en la suppliant de se lever. Elle glissa entre ses bras, et s'agenouilla sur le parquet.

Il n'est pas ordinaire ni même agréable de voir une femme prendre cette humble posture. Bien que ce soit une marque d'amour, elle semble appartenir exclusivement à l'homme ; c'est une attitude pénible qu'on ne peut voir sans trouble, et qui a quelquefois arraché à des juges le pardon d'un coupable. Pippo contempla avec une surprise croissante le spectacle admirable qui s'offrait à lui. S'il avait été saisi de respect en reconnaissant Béatrice, que devait-il éprouver en la voyant à ses pieds ? La veuve de Donato, la fille des Lorédans, était à genoux. Sa robe de velours, semée de fleurs d'argent, couvrait les dalles ; son voile, ses cheveux déroulés, pendaient à terre. De ce beau cadre sortaient ses blanches épaules et ses mains jointes, tandis que ses yeux humides se levaient vers Pippo. Ému jusqu'au fond du cœur, il recula de quelques pas, et se sentit enivré d'orgueil. Il n'était pas noble ; la fierté patricienne que Béatrice dépouillait passa comme un éclair dans l'âme du jeune homme.

Mais cet éclair ne dura qu'un instant et s'évanouit rapidement. Un tel spectacle devait produire plus qu'un mouvement de vanité. Quand nous nous penchons sur une source limpide, notre image s'y peint aussitôt, et notre approche fait naître un frère qui, du fond de l'eau, vient au-devant de nous. Ainsi, dans l'âme humaine, l'amour appelle l'amour et le fait éclore d'un regard. Pippo se jeta aussi à genoux. Inclinés l'un devant l'autre, ils restèrent ainsi tous deux quelques moments, échangeant leurs premiers baisers.

Si Béatrice était fille des Lorédans, le doux sang de sa mère, Bianca Contarini, coulait aussi dans ses veines. Jamais créature en ce monde n'avait été meilleure que cette mère, qui était aussi une des beautés de Venise. Toujours heureuse et avenante, ne pensant qu'à bien vivre durant la paix, et, en temps de guerre, amoureuse de la patrie, Bianca semblait la sœur aînée de ses filles. Elle mourut jeune, et, morte, elle était belle encore.

C'était par elle que Béatrice avait appris à connaître et à aimer les arts, et surtout la peinture. Ce n'est pas que la jeune veuve fût devenue bien savante sur ce sujet. Elle avait été à Rome et à Florence, et les chefs-d'œuvre de Michel-Ange ne lui avaient inspiré que de la curiosité. Romaine, elle n'eût aimé que Raphaël ; mais elle était fille de l'Adriatique, et elle préférait le Titien. Pendant que tout le monde s'occupait, autour d'elle, d'intrigues de cour ou des affaires de la république, elle ne s'inquiétait que de tableaux nouveaux et de ce qu'allait devenir son art favori après la mort du vieux Vecellio. Elle avait vu au palais Dolfin le tableau dont j'ai parlé au commencement de ce conte, le seul qu'eût fait le Tizianello, et qui avait péri dans un incendie. Après avoir admiré cette toile, elle avait rencontré Pippo chez la signora Dorothée, et elle s'était éprise pour lui d'un amour irrésistible.

La peinture, au siècle de Jules II et de Léon X, n'était pas un métier comme aujourd'hui ; c'était une religion pour les artistes, un goût éclairé chez les grands seigneurs, une gloire pour l'Italie et une passion pour les femmes. Lorsqu'un pape quittait le Vatican pour rendre visite à Buonarotti, la fille d'un noble vénitien pouvait sans honte aimer le Tizianello ; mais Béatrice avait conçu un projet qui élevait et enhardissait sa passion. Elle voulait faire de Pippo plus que son amant, elle voulait en faire un grand peintre. Elle connaissait la vie déréglée qu'il menait, et elle avait résolu de l'en arracher. Elle savait qu'en lui, malgré ses désordres, le feu sacré des arts n'était pas éteint, mais seulement couvert de cendre, et elle espérait que l'amour ranimerait la divine étincelle. Elle avait hésité une année entière, caressant en secret cette idée, rencontrant Pippo de temps en temps, regardant ses fenêtres quand elle passait sur le quai. Un caprice l'avait entraînée ; elle n'avait pu résister à la tentation de broder une bourse et de l'envoyer. Elle s'était promis, il est vrai, de ne pas aller plus loin et de ne jamais tenter davantage. Mais quand la signora Dorothée lui avait montré les vers que Pippo avait faits pour elle, elle avait versé des larmes de joie. Elle n'ignorait pas quel risque elle courait en essayant de réaliser son rêve ; mais c'était un rêve de femme, et elle s'était dit en sortant de chez elle : Ce que femme veut, Dieu le veut.

Conduite et soutenue par cette pensée, par son amour et par sa franchise, elle se sentait à l'abri de la crainte. En s'agenouillant devant Pippo, elle venait de faire sa première prière à l'Amour ; mais, après le sacrifice de sa fierté, le dieu impatient lui en demandait un autre. Elle n'hésita pas plus à devenir la maîtresse du Tizianello que si elle eût été sa femme. Elle ôta son voile, et le posa sur une statue de Vénus qui se trouvait dans la chambre ; puis, aussi belle et aussi pâle que la déesse de marbre, elle s'abandonna au destin.

Elle passa la journée chez Pippo, comme il avait été convenu. Au coucher du soleil, la gondole qui l'avait amenée vint la chercher. Elle sortit aussi secrètement qu'elle était entrée. Les domestiques avaient été écartés sous différents prétextes ; le portier seul restait dans la maison. Habitué à la manière de vivre de son maître, il ne s'étonna pas de voir une femme masquée traverser la galerie avec Pippo. Mais lorsqu'il vit la dame, auprès de la porte, relever la barbe de son masque, et Pippo lui donner un baiser d'adieu, il s'avança sans bruit et prêta l'oreille.

– Ne m'avais-tu jamais remarquée ? demandait gaiement Béatrice.

– Si, répondit Pippo, mais je ne connaissais pas ton visage ; toi-même, sois-en sûre, tu ne te doutes pas de ta beauté.

– Ni toi non plus ; tu es beau comme le jour, mille fois plus que je ne le croyais. M'aimeras-tu ?

– Oui, et longtemps.

– Et moi toujours.

Ils se séparèrent sur ces mots, et Pippo resta sur le pas de sa porte, suivant des yeux la gondole qui emportait Béatrice Donato.

VI

Quinze jours s'étaient écoulés, et Béatrice n'avait pas encore parlé du projet qu'elle avait conçu. À dire vrai, elle l'avait un peu oublié elle-même. Les premiers jours d'une liaison amoureuse ressemblent aux excursions des Espagnols, lors de la découverte du nouveau monde. En s'embarquant, ils promettaient à leur gouvernement de suivre des instructions précises, de rapporter des plans et de civiliser l'Amérique ; mais, à peine arrivés, l'aspect d'un ciel inconnu, une forêt vierge, une mine d'or ou d'argent, leur faisaient perdre la mémoire. Pour courir après la nouveauté, ils oubliaient leurs promesses et l'Europe entière, mais il leur arrivait de découvrir un trésor : ainsi font quelquefois les amants.

Un autre motif excusait encore Béatrice. Pendant ces quinze jours, Pippo n'avait pas joué et n'était pas allé une seule fois chez la comtesse Orsini. C'était un commencement de sagesse ; Béatrice, du moins, en jugeait ainsi, et je ne sais si elle avait tort ou raison. Pippo passait une moitié du jour près de sa maîtresse, et l'autre moitié à regarder la mer, en buvant du vin de Samos dans un cabaret du Lido. Ses amis ne le voyaient plus ; il avait rompu toutes ses habitudes, et ne s'inquiétait ni du temps, ni de l'heure, ni de ses actions ; il s'enivrait en un mot du profond oubli de toutes choses que les premiers baisers d'une belle femme laissent toujours après eux ; et peut-on dire d'un homme, en pareil cas, s'il est sage ou fou ?

Pour me servir d'un mot qui dit tout, Pippo et Béatrice étaient faits l'un pour l'autre ; ils s'en étaient aperçus dès le premier jour, mais encore fallait-il le temps de s'en convaincre, et, pour cela, ce n'était pas trop d'un mois. Un mois se passa donc sans qu'il fût question de peinture. En revanche, il était beaucoup question d'amour, de musique sur l'eau et de promenades hors de la ville. Les grandes dames aiment quelquefois mieux une secrète partie de plaisir dans une auberge des faubourgs qu'un petit souper dans un boudoir. Béatrice était de cet avis, et elle préférait aux dîners mêmes du doge un poisson frais mangé en tête-à-tête avec Pippo sous les tonnelles de la Quintavalle. Après le repas, ils montaient en gondole, et s'en allaient voguer autour de l'île des Arméniens : c'est là, entre la ville et le Lido, entre le ciel et la mer, que je conseille au lecteur d'aller, par un beau clair de lune, faire l'amour à la vénitienne.

Au bout d'un mois, un jour que Béatrice était venue secrètement chez Pippo, elle le trouva plus joyeux que de coutume. Lorsqu'elle entra, il venait de déjeuner et se promenait en chantant ; le soleil éclairait sa chambre et faisait reluire sur sa table une écuelle d'argent pleine de sequins. Il avait joué la veille, et gagné quinze cents piastres à ser Vespasiano. De cette somme il avait acheté un éventail chinois, des gants parfumés et une chaîne d'or faite à Venise et admirablement travaillée ; il avait mis le tout dans un coffret de bois de cèdre incrusté de nacre, qu'il offrit à Béatrice.

Elle reçut d'abord ce cadeau avec joie ; mais bientôt après, lorsqu'elle eut appris qu'il provenait d'argent gagné au jeu, elle ne voulut plus l'accepter. Au lieu de se joindre à la gaieté de Pippo, elle tomba dans la rêverie. Peut-être pensait-elle qu'il avait déjà moins d'amour pour elle, puisqu'il était retourné à ses anciens plaisirs. Quoi qu'il en fût, elle vit que le moment était venu de parler et d'essayer de le faire renoncer aux désordres dans lesquels il allait retomber.

Ce n'était pas une entreprise facile. Depuis un mois, elle avait déjà pu connaître le caractère de Pippo. Il était, il est vrai, d'une nonchalance extrême pour ce qui regarde les choses ordinaires de la vie, et il pratiquait le far-niente avec délices ; mais, pour les choses plus importantes, il n'était pas aisé de le maîtriser, à cause de cette indolence même ; car, dès qu'on voulait prendre de l'empire sur lui, au lieu de lutter et de disputer, il laissait dire les gens et n'en faisait pas moins à sa guise. Pour arriver à ses fins, Béatrice prit un détour et lui demanda s'il voulait faire son portrait.

Il y consentit sans peine ; le lendemain il acheta une toile, et fit apporter dans sa chambre un beau chevalet de chêne sculpté qui avait appartenu à son père. Béatrice arriva dès le matin, couverte d'une ample robe brune, dont elle se débarrassa lorsque Pippo fut prêt à se mettre à l'ouvrage. Elle parut alors devant lui dans un costume à peu près pareil à celui dont Pâris Bordone a revêtu sa Vénus couronnée. Ses cheveux, noués sur le front et entremêlés de perles, tombaient sur ses bras et sur ses épaules en longues mèches ondoyantes. Un collier de perles qui descendait jusqu'à la ceinture, fixé au milieu de sa poitrine par un fermoir d'or, suivait et dessinait les parfaits contours de son sein nu. Sa robe de taffetas changeant, bleu et rose, était relevée sur le genou par une agrafe de rubis, laissant à découvert une jambe polie comme le marbre. Elle portait en outre de riches bracelets et des mules de velours écarlate lacées d'or.

La Vénus de Bordone n'est pas autre chose, comme on sait, que le portrait d'une dame vénitienne ; et ce peintre, élève du Titien, avait une grande réputation en Italie. Mais Béatrice, qui connaissait peut-être le modèle du tableau, savait bien qu'elle était plus belle. Elle voulait exciter l'émulation de Pippo, et elle lui montrait ainsi qu'on pouvait surpasser le Bordone. – Par le sang de Diane ! s'écria le jeune homme lorsqu'il l'eut examinée quelque temps, la Vénus couronnée n'est qu'une écaillère de l'arsenal qui s'est déguisée en déesse ; mais voici la mère de l'Amour et la maîtresse du dieu des batailles !

Il est facile de croire que son premier soin, en voyant un si beau modèle, ne fut pas de se mettre à peindre. Béatrice craignit un instant d'être trop belle et d'avoir pris un mauvais moyen pour faire réussir ses projets de réforme. Cependant le portrait fut commencé, mais il était ébauché d'une main distraite. Pippo laissa par hasard tomber son pinceau ; Béatrice le ramassa, et en le rendant à son amant : – Le pinceau de ton père, lui dit-elle, tomba ainsi un jour de sa main ; Charles-Quint le ramassa et le lui rendit : je veux faire comme César, quoique je ne sois pas une impératrice.

Pippo avait toujours eu pour son père une affection et une admiration sans bornes, et il n'en parlait jamais qu'avec respect. Ce souvenir fit impression sur lui. Il se leva et ouvrit une armoire. – Voilà le pinceau dont vous me parlez, dit-il à Béatrice en le lui montrant ; mon pauvre père l'avait conservé comme une relique, depuis que le maître de la moitié du monde y avait touché.

– Vous souvenez-vous de cette scène, demanda Béatrice, et pourriez-vous m'en faire le récit ?

– C'était à Bologne, répondit Pippo. Il y avait eu une entrevue entre le pape et l'empereur ; il s'agissait du duché de Florence, ou, pour mieux dire, du sort de l'Italie. On avait vu le pape et Charles-Quint causer ensemble sur une terrasse, et pendant leur entretien la ville entière se taisait. Au bout d'une heure tout était décidé ; un grand bruit d'hommes et de chevaux avait succédé au silence. On ignorait ce qui allait arriver, et on s'agitait pour le savoir ; mais le plus profond mystère avait été ordonné ; les habitants regardaient passer avec curiosité et avec terreur les moindres officiers des deux cours ; on parlait d'un démembrement de l'Italie, d'exils et de principautés nouvelles. Mon père travaillait à un grand tableau, et il était au bout de l'échelle qui lui servait à peindre, lorsque des hallebardiers, leur pique à la main, ouvrirent la porte et se rangèrent contre le mur. Un page entra et cria à haute voix : César ! Quelques minutes après, l'empereur parut, roide dans son pourpoint, et souriant dans sa barbe rousse. Mon père, surpris et charmé de cette visite inattendue, descendait aussi vite qu'il pouvait de son échelle ; il était vieux ; en s'appuyant à la rampe, il laissa tomber son pinceau. Les assistants restaient immobiles, car la présence de l'empereur les avait changés en statues. Mon père était confus de sa lenteur et de sa maladresse, mais il craignait, en se hâtant, de se blesser ; Charles-Quint fit quelques pas en avant, se courba lentement et ramassa le pinceau. – Le Titien, dit-il d'une voix claire et impérieuse, le Titien mérite bien d'être servi par César. Et avec une majesté vraiment sans égale, il rendit le pinceau à mon père, qui mit un genou en terre pour le recevoir.

Après ce récit, que Pippo n'avait pu faire sans émotion, Béatrice resta silencieuse pendant quelque temps ; elle baissait la tête et paraissait tellement distraite, qu'il lui demanda à quoi elle pensait.

– Je pense à une chose, répondit-elle. Charles-Quint est mort maintenant, et son fils est roi d'Espagne. Que dirait-on de Philippe II, si, au lieu de porter l'épée de son père, il la laissait se rouiller dans une armoire ?

Pippo sourit, et quoiqu'il eût compris la pensée de Béatrice, il lui demanda ce qu'elle voulait dire par là.

– Je veux dire, répondit-elle, que toi aussi tu es l'héritier d'un roi, car le Bordone, le Moretto, le Romanino, sont de bons peintres ; le Tintoret et le Giorgione étaient des artistes ; mais le Titien était un roi ; et maintenant qui porte son sceptre ?

– Mon frère Orazio, répondit Pippo, eût été un grand peintre s'il eût vécu.

– Sans doute, répliqua Béatrice, et voilà ce qu'on dira des fils du Titien : l'un aurait été grand s'il avait vécu, et l'autre s'il avait voulu.

– Crois-tu cela ? dit en riant Pippo ; eh bien ! on ajoutera donc : Mais il aima mieux aller en gondole avec Béatrice Donato.

Comme c'était une autre réponse que Béatrice avait espérée, elle fut un peu déconcertée. Elle ne perdit pourtant point courage, mais elle prit un ton plus sérieux.

– Écoute-moi, dit-elle, et ne raille pas. Le seul tableau que tu aies fait a été admiré. Il n'y a personne qui n'en regrette la perte ; mais la vie que tu mènes est quelque chose de pire que l'incendie du palais Dolfin, car elle te consume toi-même. Tu ne penses qu'à te divertir, et tu ne réfléchis pas que ce qui est un égarement pour les autres est pour toi une honte. Le fils d'un marchand enrichi peut jouer aux dés, mais non le Tizianello. À quoi sert que tu en saches autant que nos plus vieux peintres, et que tu aies la jeunesse qui leur manque ? Tu n'as qu'à essayer pour réussir et tu n'essayes pas. Tes amis te trompent, mais je remplis mon devoir en te disant que tu outrages la mémoire de ton père ; et qui te le dirait, si ce n'est moi ? Tant que tu seras riche, tu trouveras des gens qui t'aideront à te ruiner ; tant que tu seras beau, les femmes t'aimeront ; mais qu'arrivera-t-il si, pendant que tu es jeune, on ne te dit pas la vérité ? Je suis votre maîtresse, mon cher seigneur, mais je veux être aussi votre amante. Plût à Dieu que vous fussiez né pauvre ! Si vous m'aimez, il faut travailler. J'ai trouvé dans un quartier éloigné de la ville une petite maison retirée, où il n'y a qu'un étage. Nous la ferons meubler, si vous voulez, à notre goût, et nous en aurons deux clefs : l'une sera pour vous, et je garderai l'autre. Là, nous n'aurons peur de personne, et nous serons en liberté. Vous y ferez porter un chevalet ; si vous me promettez d'y venir travailler seulement deux heures par jour, j'irai vous y voir tous les jours. Aurez-vous assez de patience pour cela ? Si vous acceptez, dans un an d'ici vous ne m'aimerez probablement plus, mais vous aurez pris l'habitude du travail, et il y aura un grand nom de plus en Italie. Si vous refusez, je ne puis cesser de vous aimer, mais ce sera me dire que vous ne m'aimez pas.

Pendant que Béatrice parlait, elle était tremblante. Elle craignait d'offenser son amant, et cependant elle s'était imposé l'obligation de s'exprimer sans réserve ; cette crainte et le désir de plaire faisaient étinceler ses yeux. Elle ne ressemblait plus à Vénus, mais à une Muse. Pippo ne lui répondit pas sur-le-champ ; il la trouvait si belle ainsi, qu'il la laissa quelque temps dans l'inquiétude. À dire vrai, il avait moins écouté les remontrances que l'accent de la voix qui les prononçait ; mais cette voix pénétrante l'avait charmé. Béatrice avait parlé de toute son âme, dans le plus pur toscan, avec la douceur vénitienne. Quand une vive ariette sort d'une belle bouche, nous ne faisons pas grande attention aux paroles ; il est même quelquefois plus agréable de ne pas les entendre distinctement, et de nous laisser entraîner par la musique seule. Ce fut à peu près ce que fit Pippo. Sans songer à ce qu'on lui demandait, il s'approcha de Béatrice, lui donna un baiser sur le front, et lui dit :

– Tout ce que tu voudras, tu es belle comme un ange.

Il fut convenu qu'à partir de ce jour, Pippo travaillerait régulièrement. Béatrice voulut qu'il s'y engageât par écrit. Elle tira ses tablettes, et en y traçant quelques lignes avec une fierté amoureuse :

– Tu sais, dit-elle, que nous autres Lorédans, nous tenons des comptes fidèles. Je t'inscris comme mon débiteur pour deux heures de travail par jour pendant un an ; signe, et paye-moi exactement, afin que je sache que tu m'aimes.

Pippo signa de bonne grâce. – Mais il est bien entendu, dit-il, que je commencerai par faire ton portrait.

Béatrice l'embrassa à son tour, et lui dit à l'oreille :

– Et moi aussi je ferai ton portrait, un beau portrait bien ressemblant, non pas inanimé, mais vivant.

VII

L'amour de Pippo et de Béatrice avait pu se comparer d'abord à une source qui s'échappe de terre ; il ressemblait maintenant à un ruisseau qui s'infiltre peu à peu et se creuse un lit dans le sable. Si Pippo eût été noble, il eût certainement épousé Béatrice ; car, à mesure qu'ils se connaissaient mieux, ils s'aimaient davantage ; mais, quoique les Vecelli fussent d'une bonne famille de Cador en Frioul, une pareille union n'était pas possible. Non seulement les proches parents de Béatrice s'y seraient opposés, mais tout ce qui portait à Venise un nom patricien se serait indigné. Ceux qui toléraient le plus volontiers les intrigues d'amour, et qui ne trouvaient rien à redire à ce qu'une noble dame fût la maîtresse d'un peintre, n'eussent jamais pardonné à cette même femme si elle eût épousé son amant. Tels étaient les préjugés de cette époque, qui valait pourtant mieux que la nôtre.

La petite maison était meublée ; Pippo tenait parole en y allant tous les jours. Dire qu'il travaillait, ce serait trop, mais il en faisait semblant, ou plutôt il croyait travailler. Béatrice, de son côté, tenait plus qu'elle n'avait promis, car elle arrivait toujours la première. Le portrait était ébauché ; il avançait lentement, mais il était sur le chevalet, et, quoiqu'on n'y touchât pas la plupart du temps, il faisait du moins l'office de témoin, soit pour encourager l'amour, soit pour excuser la paresse.

Tous les matins, Béatrice envoyait à son amant un bouquet par sa négresse, afin qu'il s'accoutumât à se lever de bonne heure. – Un peintre doit être debout à l'aurore, disait-elle ; la lumière du soleil est sa vie et le véritable élément de son art, puisqu'il ne peut rien faire sans elle.

Cet avertissement paraissait juste à Pippo, mais il en trouvait l'application difficile. Il lui arrivait de mettre le bouquet de la négresse dans le verre d'eau sucrée qu'il avait sur sa table de nuit, et de se rendormir. Quand, pour aller à la petite maison, il passait sous les fenêtres de la comtesse Orsini, il lui semblait que son argent s'agitait dans sa poche. Il rencontra un jour à la promenade ser Vespasiano, qui lui demanda pourquoi on ne le voyait plus.

– J'ai fait serment de ne plus tenir un cornet, répondit-il, et de ne plus toucher à une carte ; mais, puisque vous voilà, jouons à croix ou pile l'argent que nous avons sur nous.

Ser Vespasiano, qui, bien qu'il fût vieux et notaire, n'en était pas moins le jeu incarné, n'eut garde de refuser cette proposition. Il jeta une piastre en l'air, perdit une trentaine de sequins et s'en fut très peu satisfait. – Quel dommage, pensa Pippo, de ne pas jouer dans ce moment-ci ! je suis sûr que la bourse de Béatrice continuerait à me porter bonheur, et que je regagnerais en huit jours ce que j'ai perdu depuis deux ans.

C'était pourtant avec grand plaisir qu'il obéissait à sa maîtresse. Son petit atelier offrait l'aspect le plus gai et le plus tranquille. Il s'y trouvait comme dans un monde nouveau, dont cependant il avait mémoire, car sa toile et son chevalet lui rappelaient son enfance. Les choses qui nous ont été jadis familières nous le redeviennent aisément, et cette facilité, jointe au souvenir, nous les rend chères sans que nous sachions pourquoi. Lorsque Pippo prenait sa palette, et que, par une belle matinée, il y écrasait ses couleurs brillantes ; puis quand il les regardait disposées en ordre et prêtes à se mêler sous sa main, il lui semblait entendre derrière lui la voix rude de son père lui crier comme autrefois : Allons, fainéant ; à quoi rêves-tu ? qu'on m'entame hardiment cette besogne ! À ce souvenir, il tournait la tête ; mais, au lieu du sévère visage du Titien, il voyait Béatrice les bras et le sein nus, le front couronné De perles, qui se préparait à poser devant lui, et qui lui disait en souriant : Quand il vous plaira, mon seigneur.

Il ne faut pas croire qu'il fût indifférent aux conseils qu'elle lui donnait, et elle ne les lui épargnait pas. Tantôt elle lui parlait des maîtres vénitiens, et de la place glorieuse qu'ils avaient conquise parmi les écoles d'Italie ; tantôt, après lui avoir rappelé à quelle grandeur l'art s'était élevé, elle lui en montrait la décadence. Elle n'avait que trop raison sur ce sujet, car Venise faisait alors ce que venait de faire Florence : elle perdait non seulement sa gloire, mais le respect de sa gloire. Michel-Ange et le Titien avaient vécu tous deux près d'un siècle ; après avoir enseigné les arts à leur patrie, ils avaient lutté contre le désordre aussi longtemps que le peut la force humaine ; mais ces deux vieilles colonnes s'étaient enfin écroulées. Pour élever aux nues des novateurs obscurs, on oubliait les maîtres à peine ensevelis. Brescia, Crémone, ouvraient de nouvelles écoles, et les proclamaient supérieures aux anciennes. À Venise même, le fils d'un élève du Titien, usurpant le surnom donné à Pippo, se faisait appeler comme lui le Tizianello, et remplissait d'ouvrages du plus mauvais goût l'église patriarcale.

Quand même Pippo ne se fût pas soucié de la honte de sa patrie, il devait s'irriter de ce scandale. Lorsqu'on vantait devant lui un mauvais tableau, ou lorsqu'il trouvait dans quelque église une méchante toile au milieu des chefs-d'œuvre de son père, il éprouvait le même déplaisir qu'aurait pu ressentir un patricien en voyant le nom d'un bâtard inscrit sur le livre d'or. Béatrice comprenait ce déplaisir, et les femmes ont toutes plus ou moins un peu de l'instinct de Dalila : elles savent saisir à propos le secret des cheveux de Samson. Tout en respectant les noms consacrés, Béatrice avait soin de faire de temps en temps l'éloge de quelque peintre médiocre. Il ne lui était pas facile de se contredire ainsi elle-même, mais elle donnait à ces faux éloges, avec beaucoup d'habileté, un air de vraisemblance. Par ce moyen, elle parvenait souvent à exciter la mauvaise humeur de Pippo, et elle avait remarqué que, dans ces moments, il se mettait à l'ouvrage avec une vivacité extraordinaire. Il avait alors la hardiesse d'un maître, et l'impatience l'inspirait. Mais son caractère frivole reprenait bientôt le dessus, il jetait tout à coup son pinceau. – Allons boire un verre de vin de Chypre, disait-il, et ne parlons plus de ces sottises.

Un esprit aussi inconstant eût peut-être découragé une autre que Béatrice ; mais, puisque nous trouvons dans l'histoire le récit des haines les plus tenaces, il ne faut pas s'étonner que l'amour puisse donner de la persévérance. Béatrice était persuadée d'une chose vraie, c'est que l'habitude peut tout ; et voici d'où lui venait cette conviction. Elle avait vu son père, homme extrêmement riche et d'une faible santé, se livrer, dans sa vieillesse, aux plus grandes fatigues, aux calculs les plus arides, pour augmenter de quelques sequins son immense fortune. Elle l'avait souvent supplié de se ménager, mais il avait constamment fait la même réponse : que c'était une habitude prise dès l'enfance, qui lui était devenue nécessaire, et qu'il conserverait tant qu'il vivrait. Instruite par cet exemple, Béatrice ne voulait rien préjuger tant que Pippo ne se serait pas astreint à un travail régulier, et elle se disait que l'amour de la gloire est une noble convoitise qui doit être aussi forte que l'avarice.

En pensant ainsi, elle ne se trompait pas ; mais la difficulté consistait en ceci, que, pour donner à Pippo une bonne habitude, il fallait lui en ôter une mauvaise. Or il y a de mauvaises herbes qui s'arrachent sans beaucoup d'efforts, mais le jeu n'est pas de celles-là ; peut-être même est-ce la seule passion qui puisse résister à l'amour, car on a vu des ambitieux, des libertins et des dévots céder à la volonté d'une femme, mais bien rarement des joueurs, et la raison en est facile à dire. De même que le métal monnayé représente presque toutes les jouissances, le jeu résume presque toutes les émotions ; chaque carte, chaque coup de dé entraîne la perte ou la possession d'un certain nombre de pièces d'or ou d'argent, et chacune de ces pièces est le signe d'une jouissance indéterminée. Celui qui gagne sent donc une multitude de désirs, et non seulement il s'y livre en liberté, mais il cherche à s'en créer de nouveaux, ayant la certitude de les satisfaire. De là le désespoir de celui qui perd, et qui se trouve tout à coup dans l'impossibilité d'agir, après avoir manié des sommes énormes. De telles épreuves, répétées souvent, épuisent et exaltent à la fois l'esprit, le jettent dans une sorte de vertige, et les sensations ordinaires sont trop faibles, elles se présentent d'une manière trop lente et trop successive, pour que le joueur, accoutumé à concentrer les siennes, puisse y prendre le moindre intérêt.

Heureusement pour Pippo, son père l'avait laissé trop riche pour que la perte ou le gain pussent exercer sur lui une influence aussi funeste. Le désœuvrement, plutôt que le vice, l'avait poussé ; il était trop jeune, d'ailleurs, pour que le mal fût sans remède ; l'inconstance même de ses goûts le prouvait ; il n'était donc pas impossible qu'il se corrigeât, pourvu qu'on sût veiller attentivement sur lui. Cette nécessité n'avait pas échappé à Béatrice, et, sans s'inquiéter du soin de sa propre réputation, elle passait près de son amant presque toutes ses journées. D'autre part, pour que l'habitude n'engendrât pas la satiété, elle mettait en œuvre toutes les ressources de la coquetterie féminine ; sa coiffure, sa parure, son langage même, variaient sans cesse, et, de peur que Pippo ne vînt à se dégoûter d'elle, elle changeait de robe tous les jours. Pippo s'apercevait de ces petits stratagèmes ; mais il n'était pas si sot que de s'en fâcher ; tout au contraire, car de son côté il en faisait autant ; il changeait d'humeur et de façons autant de fois que de collerette. Mais il n'avait pas, pour cela, besoin de s'y étudier ; le naturel y pourvoyait, et il disait quelquefois en riant : Un goujon est un petit poisson, et un caprice est une petite passion.

Vivant ainsi et aimant tous deux le plaisir, nos amants s'entendaient à merveille. Une seule chose inquiétait Béatrice. Toutes les fois qu'elle parlait à Pippo des projets qu'elle formait pour l'avenir, il se contentait de répondre : Commençons par faire ton portrait.

— Je ne demande pas mieux, disait-elle, et il y a longtemps que cela est convenu. Mais que comptes-tu faire ensuite ? Ce portrait ne peut être exposé en public, et il faut, dès qu'il sera fini, penser à te faire connaître. As-tu quelque sujet dans la tête ? Sera-ce un tableau d'église ou d'histoire ?

Quand elle lui adressait ces questions, il trouvait toujours moyen d'avoir quelque distraction qui l'empêchait d'entendre, comme, par exemple, de ramasser son mouchoir, de rajuster un bouton de son habit, ou toute autre bagatelle de même sorte. Elle avait commencé par croire que ce pouvait être un mystère d'artiste, et qu'il ne voulait pas rendre compte de ses plans ; mais personne n'était moins mystérieux que lui, ni même plus confiant, du moins avec sa maîtresse, car il n'y a pas d'amour sans confiance. — Serait-il possible qu'il me trompât, se demandait Béatrice, que sa complaisance ne fût qu'un jeu, et qu'il n'eût pas l'intention de tenir sa parole ?

Lorsque ce doute lui venait à l'esprit, elle prenait un air grave et presque hautain. — J'ai votre promesse, disait-elle ; vous vous êtes engagé pour un an, et nous verrons si vous êtes homme d'honneur. Mais, avant qu'elle eût achevé sa phrase, Pippo l'embrassait tendrement. — Commençons par faire ton portrait, répétait-il. Puis il savait s'y prendre de façon à la faire parler d'autre chose.

On peut juger si elle avait hâte de voir ce portrait terminé. Au bout de six semaines, il le fut enfin. Lorsqu'elle posa pour la dernière séance, Béatrice était si joyeuse, qu'elle ne pouvait rester en place ; elle allait et venait du tableau à son fauteuil, et elle se récriait à la fois d'admiration et de plaisir. Pippo travaillait lentement et secouait la tête de temps en temps ; il fronça tout à coup le sourcil, et passa brusquement sur sa toile le linge qui lui servait à essuyer ses pinceaux. Béatrice courut à lui aussitôt, et elle vit qu'il avait effacé la bouche et les yeux. Elle en fut tellement consternée, qu'elle ne put retenir ses larmes ; mais Pippo remit tranquillement ses couleurs dans sa boîte. – Le regard et le sourire, dit-il, sont deux choses difficiles à rendre ; il faut être inspiré pour oser les peindre. Je ne me sens pas la main assez sûre ; et je ne sais même pas si je l'aurai jamais.

Le portrait resta donc ainsi défiguré, et toutes les fois que Béatrice regardait cette tête sans bouche et sans yeux, elle sentait redoubler son inquiétude.

VIII

Le lecteur a pu remarquer que Pippo aimait les vins grecs. Or, quoique Les vins d'Orient ne soient pas bavards, après un bon dîner il jasait volontiers au dessert. Béatrice ne manquait jamais de faire tomber la conversation sur la peinture ; mais, dès qu'il en était question, il arrivait de deux choses l'une : ou Pippo gardait le silence, et il avait alors un certain sourire que Béatrice n'aimait pas à voir sur ses lèvres ; ou il parlait des arts avec une indifférence et un dédain singuliers. Une pensée bizarre lui revenait surtout, la plupart du temps, dans ces entretiens.

– Il y aurait un beau tableau à faire, disait-il ; il représenterait le Campo-

Vaccino à Rome, au soleil couchant. L'horizon est vaste, la place déserte. Sur le premier plan, des enfants jouent sur des ruines ; au second plan, on voit passer un jeune homme enveloppé d'un manteau ; son visage est pâle, ses traits délicats sont altérés par la souffrance ; il faut qu'en le voyant on devine qu'il va mourir. D'une main il tient une palette et des pinceaux, de l'autre il s'appuie sur une femme jeune et robuste, qui tourne la tête en souriant. Afin d'expliquer cette scène, il faudrait mettre au bas la date du jour où elle se passe, le vendredi saint de l'année 1520.

Béatrice comprenait aisément le sens de cette espèce d'énigme. C'était le vendredi saint de l'année 1520 que Raphaël était mort à Rome, et, quoiqu'on eût essayé de démentir le bruit qui en avait couru, il était certain que ce grand homme avait expiré dans les bras de sa maîtresse. Le tableau que projetait Pippo eût donc représenté Raphaël peu d'instants avant sa fin ; et une telle scène, en effet, traitée avec simplicité par un véritable artiste, eût pu être belle. Mais Béatrice savait à quoi s'en tenir sur ce projet supposé, et elle lisait dans les yeux de son amant ce qu'il lui donnait à entendre.

Tandis que tout le monde s'accordait, en Italie, à déplorer cette mort, Pippo avait coutume, au contraire, de la vanter, et il disait souvent que, malgré tout le génie de Raphaël, sa mort était plus belle que sa vie. Cette pensée révoltait Béatrice, sans qu'elle pût se défendre d'en sourire ; c'était dire que l'amour vaut mieux que la gloire, et si une pareille idée peut être blâmée par une femme, elle ne peut du moins l'offenser. Si Pippo avait choisi un autre exemple, Béatrice aurait peut-être été de son avis. – Mais pourquoi, disait-elle, opposer l'une à l'autre deux choses qui sympathisent si bien ? L'amour et la gloire sont le frère et la sœur : pourquoi veux-tu les désunir ?

– On ne fait jamais bien deux choses à la fois, ajoutait Pippo. Tu ne conseillerais pas à un commerçant de faire des vers en même temps que ses calculs, ni à un poète d'auner de la toile pendant qu'il chercherait ses rimes. Pourquoi donc veux-tu me faire peindre pendant que je suis amoureux ?

Béatrice ne savait trop que répondre, car elle n'osait dire que l'amour n'est pas une occupation.

– Veux-tu donc mourir comme Raphaël ? demandait-elle ; et si tu le veux, que ne commences-tu par faire comme lui ?

– C'est, au contraire, répondait Pippo, de peur de mourir comme Raphaël que je ne veux pas faire comme lui. Ou Raphaël a eu tort de devenir amoureux étant peintre, ou il a eu tort de se mettre à peindre étant amoureux. C'est pourquoi il est mort à trente-sept ans, d'une manière glorieuse, il est vrai ; mais il n'y a pas de bonne manière de mourir. S'il eût fait seulement cinquante chefs-d'œuvre de moins, c'eût été un malheur pour le pape, qui aurait été obligé de faire décorer ses chapelles par un autre ; mais la Fornarine en aurait eu cinquante baisers de plus, et Raphaël aurait évité l'odeur des couleurs à l'huile, qui est si nuisible à la santé.

– Feras-tu donc de moi une Fornarine ? s'écriait alors Béatrice ; si tu ne prends soin ni de ta gloire ni de ta vie, veux-tu me charger de t'ensevelir ?

– Non, en vérité, répondait Pippo, en portant son verre à ses lèvres ; si je pouvais te métamorphoser, je ferais de toi une Staphylé.

Malgré le ton léger qu'il affectait, Pippo, en s'exprimant ainsi, ne plaisantait pas tant qu'on pourrait le croire. Il cachait même sous ses railleries une opinion raisonnable, et voici quel était le fond de sa pensée.

On a souvent parlé, dans l'histoire des arts, de la facilité avec laquelle de grands artistes exécutaient leurs ouvrages, et on en a cité qui savaient allier au travail le désordre et l'oisiveté même. Mais il n'y a pas de plus grande erreur que celle-là. Il n'est pas impossible qu'un peintre exercé, sûr de sa main et de sa réputation, réussisse à faire une belle esquisse au milieu des distractions et des plaisirs. Le Vinci peignit quelquefois, dit-on, tenant sa lyre d'une main ; mais le célèbre portrait de la Joconde resta quatre ans sur son chevalet. Malgré de rares tours de force, qui, en résultat, sont toujours trop vantés, il est certain que ce qui est véritablement beau est l'ouvrage du temps et du recueillement, et qu'il n'y a pas de vrai génie sans patience.

Pippo était convaincu de cette règle, et l'exemple de son père l'avait confirmé dans son opinion. En effet, il n'a peut-être jamais existé un peintre aussi hardi que le Titien, si ce n'est son élève Rubens ; mais si la main du Titien était vive, sa pensée était patiente. Pendant quatre-vingt-dix-neuf ans qu'il vécut, il s'occupa constamment de son art. À ses débuts, il avait commencé par peindre avec une timidité minutieuse et une sécheresse qui faisaient ressembler ses ouvrages aux tableaux gothiques d'Albert Dürer. Ce ne fut qu'après de longs travaux qu'il osa obéir à son génie et laisser courir son pinceau ; encore eut-il quelquefois à s'en repentir, et il arriva à Michel-Ange de dire, en voyant une toile du Titien, qu'il était fâcheux qu'à Venise on négligeât les principes du dessin.

Or, au moment où se passait ce que je raconte, une facilité déplorable, qui est toujours le premier signe de la décadence des arts, régnait à Venise. Pippo, soutenu par le nom qu'il portait, avec un peu d'audace et les études qu'il avait faites, pouvait aisément et promptement s'illustrer ; mais c'était là précisément ce qu'il ne voulait pas. Il eût regardé comme une chose honteuse de profiter de l'ignorance du vulgaire ; il se disait, avec raison, que le fils d'un architecte ne doit pas démolir ce qu'a bâti son père, et que, si le fils du Titien se faisait peintre, il était de son devoir de s'opposer à la décadence de la peinture.

Mais, pour entreprendre une pareille tâche, il lui fallait sans aucun doute y consacrer sa vie entière. Réussirait-il ? C'était incertain. Un seul homme a bien peu de force, quand tout un siècle lutte contre lui ; il est emporté par la multitude comme un nageur par un tourbillon. Qu'arriverait-il donc ? Pippo ne s'aveuglait pas sur son propre compte ; il prévoyait que le courage lui manquerait tôt ou tard, et que ses anciens plaisirs l'entraîneraient de nouveau ; il courait donc la chance de faire un sacrifice inutile, soit que ce sacrifice fût entier, soit qu'il fût incomplet ; et quel fruit en recueillerait-il ? Il était jeune, riche, bien portant, et il avait une belle maîtresse ; pour vivre heureux sans qu'on eût, après tout, de reproches à lui faire, il n'avait qu'à laisser le soleil se lever et se coucher. Fallait-il renoncer à tant de biens pour une gloire douteuse qui, probablement, lui échapperait ?

C'était après y avoir mûrement réfléchi que Pippo avait pris le parti d'affecter une indifférence qui, peu à peu, lui était devenue naturelle. – Si j'étudie encore vingt ans, disait-il, et si j'essaye d'imiter mon père, je chanterai devant des sourds ; si la force me manque, je déshonorerai mon nom. Et, avec sa gaieté habituelle, il concluait en s'écriant : Au diable la peinture ! la vie est trop courte.

Pendant qu'il disputait avec Béatrice, le portrait restait toujours inachevé. Pippo entra un jour, par hasard, dans le couvent des Servites. Sur un échafaud élevé dans une chapelle, il aperçut le fils de Marco Vecellio, celui-là même qui, comme je l'ai dit plus haut, se faisait appeler aussi le Tizianello. Ce jeune homme n'avait pour prendre ce nom aucun motif raisonnable, si ce n'est qu'il était parent éloigné du Titien, et qu'il s'appelait, de son nom de baptême, Tito, dont il avait fait Titien, et de Titien Tizianello, moyennant quoi les badauds de Venise le croyaient héritier du génie du grand peintre, et s'extasiaient devant ses fresques. Pippo ne s'était jamais guère inquiété de cette supercherie ridicule ; mais, en ce moment, soit qu'il lui fût désagréable de se trouver vis-à-vis de ce personnage, soit qu'il pensât à sa propre valeur plus sérieusement que d'ordinaire, il s'approcha de l'échafaud qui était soutenu par de petites poutres mal étayées : il donna un coup de pied sur une de ces poutres et la fit tomber. Fort heureusement l'échafaud ne tomba pas en même temps ; mais il vacilla de telle sorte que le soi-disant Tizianello chancela d'abord comme s'il eût été ivre, puis acheva de perdre l'équilibre au milieu de ses couleurs dont il fut bariolé de la plus étrange façon.

On peut juger, lorsqu'il se releva, de la colère où il était. Il descendit aussitôt de son échafaud, et s'avança vers Pippo en lui adressant des injures. Un prêtre se jeta entre eux pour les séparer au moment où ils allaient tirer l'épée dans le saint lieu ; les dévotes s'enfuirent épouvantées avec de grands signes de croix, tandis que les curieux s'empressèrent d'accourir. Tito criait à haute voix qu'un homme avait voulu l'assassiner, et qu'il demandait justice de ce crime ; la poutre renversée en témoignait. Les assistants commencèrent à murmurer, et l'un d'eux, plus hardi que les autres, voulut prendre Pippo au collet. Pippo, qui n'avait agi que par étourderie, et qui regardait cette scène en riant, se voyant sur le point d'être traîné en prison et s'entendant traiter d'assassin, se mit à son tour en colère. Après avoir rudement repoussé celui qui voulait l'arrêter, il s'élança sur Tito.

– C'est toi, s'écria-t-il en le saisissant, c'est toi qu'il faut prendre au collet et mener sur la place Saint-Marc pour y être pendu comme un voleur ! Sais-tu à qui tu parles, emprunteur de noms ? Je me nomme Pomponio Vecellio, fils du Titien. J'ai donné tout à l'heure un coup de pied dans ta baraque vermoulue ; mais, si mon père eût été à ma place, sois sûr que, pour t'apprendre à te faire appeler le Tizianello, il t'aurait si bien secoué sur ton arbre que tu en serais tombé comme une pomme pourrie. Mais il n'en serait pas resté là. Pour te traiter comme tu le mérites, il t'aurait pris par l'oreille, insolent écolier, et il t'aurait ramené à l'atelier, dont t'es échappé avant de savoir dessiner une tête. De quel droit salis-tu les murs de ce couvent et signes-tu de mon nom tes misérables fresques ? Va-t'en apprendre l'anatomie et copier des écorchés pendant dix ans, comme je l'ai fait, moi, chez mon père, et nous verrons ensuite qui tu es et si tu as une signature. Mais jusque-là ne t'avise plus de prendre celle qui m'appartient, sinon je te jette dans le canal, afin de te baptiser une fois pour toutes !

Pippo sortit de l'église sur ces mots. Dès que la foule avait entendu son nom, elle s'était aussitôt calmée ; elle s'écarta pour lui ouvrir un passage, et le suivit avec curiosité. Il s'en fut à la petite maison, où il trouva Béatrice qui l'attendait. Sans perdre de temps à lui raconter son aventure, il prit sa palette, et, encore ému de colère, il se mit à travailler au portrait.

En moins d'une heure il l'acheva. Il y fit en même temps de grands changements ; il retrancha d'abord plusieurs détails trop minutieux ; il disposa plus librement les draperies, retoucha le fond et les accessoires, qui sont des parties très importantes dans la peinture vénitienne. Il en vint ensuite à la bouche et aux yeux, et il réussit, en quelques coups de pinceau, à leur donner une expression parfaite. Le regard était doux et fier ; les lèvres, au-dessus desquelles paraissait un léger duvet, étaient entr'ouvertes ; les dents brillaient comme des perles, et la parole semblait prête à sortir.

– Tu ne te nommeras pas Vénus couronnée, dit-il quand tout fut fini, mais Vénus amoureuse.

On devine la joie de Béatrice ; pendant que Pippo travaillait, elle avait à peine osé respirer ; elle l'embrassa et le remercia cent fois, et lui dit qu'à l'avenir elle ne voulait plus l'appeler Tizianello, mais Titien. Pendant le reste de la journée, elle ne parla que des beautés sans nombre qu'elle découvrait à chaque instant dans son portrait ; non seulement elle regrettait qu'il ne pût être exposé, mais elle était près de demander qu'il le fût. La soirée se passa à la Quintavalle, et jamais les deux amants n'avaient été plus gais ni plus heureux. Pippo montrait lui-même une joie d'enfant, et ce ne fut que le plus tard possible, après mille protestations d'amour, que Béatrice se décida à se séparer de lui pour quelques heures.

Elle ne dormit pas de la nuit ; les plus riants projets, les plus douces espérances l'agitèrent. Elle voyait déjà ses rêves réalisés, son amant vanté et envié par toute l'Italie, et Venise lui devant une gloire nouvelle. Le lendemain, elle se rendit, comme d'ordinaire, la première au rendez-vous, et elle commença, en attendant Pippo, par regarder son cher portrait. Le fond de ce portrait était un paysage, et il y avait sur le premier plan une roche. Sur cette roche, Béatrice aperçut quelques lignes tracées avec du cinabre. Elle se pencha avec inquiétude pour les lire ; en caractères gothiques très fins, était écrit le sonnet suivant :

Béatrix Donato fut le doux nom de celle
Dont la forme terrestre eut ce divin contour ;
Dans sa blanche poitrine était un cœur fidèle,
Et dans son corps sans tache un esprit sans détour.

Le fils du Titien, pour la rendre immortelle,
Fit ce portrait, témoin d'un mutuel amour ;
Puis il cessa de peindre à compter de ce jour,
Ne voulant de sa main illustrer d'autre qu'elle.

Passant, qui que tu sois, si ton cœur sait aimer,
Regarde ma maîtresse avant de me blâmer,
Et dis si par hasard la tienne est aussi belle.

Vois donc combien c'est peu que la gloire ici-bas,
Puisque, tout beau qu'il est, ce portrait ne vaut pas,
Crois-m'en sur ma parole, un baiser du modèle.

Quelque effort que Béatrice pût faire par la suite, elle n'obtint jamais de son amant qu'il travaillât de nouveau ; il fut inflexible à toutes ses prières, et, quand elle le pressait trop vivement, il lui récitait son sonnet. Il resta ainsi jusqu'à sa mort fidèle à sa paresse ; et Béatrice, dit-on, le fut à son amour. Ils vécurent longtemps comme deux époux, et il est à regretter que l'orgueil des Lorédans, blessé de cette liaison publique, ait détruit le portrait de Béatrice, comme le hasard avait détruit le premier tableau du Tizianello.